Das Mädchen Namenlos

Ein spirituelles Märchen

BEATE HELM

Satya-Verlag

Bild Titelseite: Svetlana Ivanova (fotolia.com)

ISBN: 3-944013-25-5
ISBN-13: 978-3-944013-25-1

Dem Leben in seiner Weisheit und Liebe.

INHALTSVERZEICHNIS

DANK

Ich hatte immer viel Unterstützung. Ich danke allen Menschen, denen ich begegnen durfte, beruflich und privat, die mich mit angenehmen und weniger angenehmen Impulsen immer wieder auf meinen Weg zurückgebracht oder auf ihm bestärkt haben. Besonders danke ich meinen Eltern Karl und Irene und meinen Geschwistern Uwe und Claudia, die auf meinem sehr unkonventionellen Lebensweg immer fest an meiner Seite standen.

1. AUFBRUCH

Morgen nun sollte der große Tag sein. Voller Aufregung liefen wir durch das kleine Häuschen, das uns so lange als sichere Heimat gedient hatte. Keiner wusste so recht, was er noch anfangen sollte, um gewappnet zu sein für das bevorstehende Ereignis. Nur leise angedeutet wurde es in der heimlich belauschten Versammlung der Großen, dass wir in die freien Weiten des Himmels entlassen werden sollten. Wir seien jetzt stark genug, um auf unseren Weg geschickt zu werden.

Janita hatte die Zusammenkunft der Großen genau mitverfolgt. Sie war die Kleinste von uns und konnte deshalb durch einen winzigen Einriss oben an unserem Häuschen mit ihrem Kopf nach außen gelangen und so die Stimmen Wort für Wort mitverfolgen. Während sie auf den Schultern von Janine stand und aufmerksam zuhörte, hatten wir uns gespannt um sie geschart. Wir konnten kaum erwarten, was es Neues gab. Oft war es lustig, was sich die Großen mitzuteilen hatten. Sie wussten immer bestens über alles Bescheid, aus den Erzählungen der vielen Besucher, die bei uns vorbeikamen.

So waren wir auch in dieser Nacht wieder gespannt, was es an Vergnüglichem zu berichten gäbe. Endlich zog Janita ihren Kopf aus der Öffnung zurück und kletterte von den Schultern ihrer besten Freundin herunter.

Sie sah ernst aus, durcheinander und fast schon traurig. Kein lautes Lachen platzte aus ihr heraus, jetzt wo sie wieder in unserer Mitte stand. Keine freudige Botschaft leuchtete aus ihren Augen.

"Morgen sollen wir ausfliegen dürfen. Sie wollen unser Häuschen öffnen und uns dem Wind anvertrauen," berichtete sie mühsam.

Sie musste sich zuerst setzen und langsam beruhigen, bevor sie weiterreden konnte.

Die Mutter aller Wesen habe sich mit dem Wind zusammengetan und beschlossen, dass morgen der beste Tag sei, um uns in die Weite schweben zu lassen, fügte Janita noch hinzu. Mehr hätten sie nicht gesagt. Die Versammlung sei nur von kurzer Dauer gewesen und unser geplanter Aufbruch der einzige Themenpunkt auf der Tagesordnung.

Es wurde still in unserem Kreis. Alle Blicke waren auf Janita gerichtet. Langsam ließen wir uns in ihrer Nähe nieder. Jeder spürte die Spannung in sich, das Hin- und Hergerissensein zwischen der Lust auf das große Abenteuer und der Angst, die aufgestiegen war bei ihren Worten.

Was mag es wohl bedeuten, dem Wind anvertraut zu werden und in die Weite zu schweben? Es klang zwar aufregend und unsere Herzen verfielen in einen lauten, schnellen Klopftakt.

Doch gleichzeitig erhob sich eine dumpfe innere Ahnung, dass etwas beängstigend Großes, Unermessliches auf uns wartete, dem wir ohne Gegenwehr ausgesetzt sein würden.

Jana war die erste, die den Kopf in die Hände stützte und anfing zu weinen. Wer weiß, ob wir zusammenbleiben konnten in dieser neuen Welt, welche Gefahren auf uns lauerten. Hier in der gemeinsamen, warmen Behausung waren wir sicher aufgehoben. Nur ab und zu hörten wir durch die Erzählungen der Großen, was sich draußen zutrug, dass es viel Schönes gab, aber auch traurige Geschichten, die uns alle betroffen machten.

Wir wussten schließlich nichts über dieses unbekannte Leben, in das wir so bald entlassen werden sollten. Vielleicht drohte ja tatsächlich Gefahr. Vielleicht bedeutete der große Tag des Aufbruchs auch gleichzeitig der Moment des Abschiednehmens, der Auflösung unserer so eng zusammengeschmiedeten Gemeinschaft.

Doch vielleicht war es auch traumhaft schön.

Wir hätten mehr Raum, Luft und Abwechslung. Wir könnten die Endlosigkeit der Weite spüren, selbst am Leben der Großen teilnehmen und ausfliegen, um etwas ganz Neues zu erleben.

So begann sich nach und nach die kindliche Vorfreude in uns durchzusetzen. Die Angst verlor sich in einem erwartungsvollen Überschwang und dem letztmaligen Eintauchen in die gemeinsamen Erinnerungen.

Unsere Worte sprudelten durcheinander. Wir lachten und erzählten die alten Geschichten, als wir noch klein und unbeholfen waren, unsere ersten Krabbelversuche machten und sprechen lernten. Viel Spaß hatten wir in dieser Zeit bei dem gemächlichen Erwachsenwerden, das niemand von außen störte und das uns so eng miteinander verbunden hatte.

Wir redeten noch viele Stunden lang und gaben alles an Erinnerungen in den bunten Topf der Worte und des Gelächters. Es war eine Runde des fröhlichen Miteinanders, voll übermütiger Geschöpfe, die jedoch tief innen wussten, was bald geschehen würde.

Der nächste Tag brach an.

In unser geschäftiges Beisammensein vertieft, fiel uns gar nicht auf, dass die ersten Sonnenstrahlen erwacht waren. Sie fingen mit gewohnter Kraft an, unsere Heimat aufzuwärmen und mit angenehmem Licht zu erfüllen. Der Morgen war da.

Es wurde ruhig. Wir umarmten uns noch einmal. Dann saßen wir in engem Kreis beisammen wie eine verschworene Gemeinschaft, der niemand etwas anhaben konnte, und warteten ab.

Sanft klopfte es an unser Heim. Eine weiche, klare Stimme beugte sich über die Öffnung, die wir bisher als geheim geglaubt hatten. Es war die Mutter aller Wesen, die leise flüsterte, als sie uns mit ihrem großen Herzen Lebwohl sagte.

Sie erklärte in ruhigen Worten, wie sehr sie uns liebgewonnen hätte, jede auf ihre Art und Besonderheit. Sie sei sicher, dass wir alle unseren Weg in der Welt draußen finden würden. Zum Abschied wollte sie uns noch ein letztes großes Geheimnis, ein Geschenk unserer Gemeinschaft mitgeben.

Eine besondere, einzigartige Formel, die außer uns niemand je erfahren durfte. Eine Formel, die die Fee des Schutzes herbeirufen würde, wenn wir uns in großer Not befänden.

Dann wurde ihr Flüstern ganz leise, hauchte sie fast nur noch in die kleine Öffnung hinein: Drei Worte in einer fremdartigen Sprache, die sie klar und deutlich sagte und die wir auf immer im Gedächtnis behalten sollten. Drei Worte, mit denen uns sogleich Hilfe zuteilwürde, wenn wir keinen Lebensmut mehr hätten und Angst und Leid uns bestimmten in der Weite des unbekannten Lebenslandes.

So plötzlich wie die Mutter aller Wesen aufgetaucht war, verschwand sie auch wieder.

Eine feierliche Stimmung berührte unseren

Kreis. Stille. Uns an den Händen fassen und das Gesprochene langsam wirken lassen.

Worte als Notanker, wenn es uns schlecht ginge in dieser neuen Welt des Erwachsenwerdens.

Ganz ruhig saßen wir beisammen. Keiner war fähig, etwas zu dem zu sagen, was wir gerade erfahren hatten.

Ruhe und Vertrauen verbanden uns, eine tiefe Ergebenheit in unser Schicksal.

Schon spürten wir den nahenden Vater Wind. Mit sanfter Wucht trat er in die kleine Öffnung ein, weitete sie behutsam und stob unsere Heimstätte mit einem Mal auseinander.

Ein warmer Luftstrom hob uns heraus und nahm uns in sein Gewahrsam, ab in die Höhen der Lüfte.

Wir waren gebannt, fasziniert und voller Tränen zugleich. Ein letzter Druck der Hände und schon blies der Wind uns auseinander, jede in ihre ganz besondere Bestimmung hinaus.

Der Abschied war so schnell gegangen, dass wir nicht einmal mehr Zeit hatten für ermutigende Worte. Ein tiefer Blick in die Augen der anderen musste genügen, als letztes Zeichen der Verbundenheit, die für immer währen sollte.

2. ÜBER DEN WOLKEN

So war ich plötzlich allein. Das erste Mal in meinem Leben. Die Tränen flossen endlos in die stützenden Arme des Windes, der mich von nun an trug. Er begann, mir die bunte, weite Welt, die unfassbaren Höhen, in die er sich aufschwingen konnte, zu zeigen, sie mir schmackhaft zu machen und den Seelenschmerz der Trennung vergessen zu lassen.

Er gab sich alle Mühe, mich abzulenken und mir das Gefühl zu geben, dass ich nicht nur ein Leben verloren, sondern auch ein neues dafür gewonnen hatte.

Mit Zögern ließ ich mich auf sein Angebot ein. Ganz langsam zeigte ich mich offener gegenüber seinem sanften Hauchen, dem Wehen durch meine Härchen und dem Trocknen der letzten Tränen.

Munter hob er mich durch die Lüfte. Er berührte zärtlich meine Haut und gab aus tiefstem Herzen alles, um mich den Abschied leichter verschmerzen zu lassen.

Ich lehnte mich zurück und fühlte mich zunehmend wie neu geboren. Langsam begann ich, die Lebensfreude zu genießen, die von allen Seiten auf mich zukam. Ich sah die zwitschernden Vögel an unserer Seite und das geschäftige Treiben auf der Erdenwelt, die unter uns vorüber zog.

Ich wurde mehr und mehr angesteckt von den vielen verschiedenen Lauten und Düften der Umgebung. Aus allen Richtungen kam sprudelnde, freudvolle Lebenslust, die überschäumende Kraft, die das Schwingen in dem alles verbindenden Herzenspol mit sich brachte. Bereitwillig schloss ich mich an diese Quelle an, von der der Wind in seinen Erzählungen so geschwärmt hatte.

Ich wurde ganz ruhig und genoss das sanfte Segeln in den Höhen der Lüfte. Lange Zeiten flogen wir zusammen, erzählten uns Geschichten, scherzten und lachten, tobten miteinander und gönnten uns dann wieder wohltuende Stille.

Wir waren ein munteres Paar. Mal schwebten wir kaum spürbar über die Wälder, dann bliesen wir so heftig über Städte und Dörfer hinweg, dass ich mich festhalten musste, um nicht verloren zu gehen.

Ich war glücklich und spürte, wie mein Herz sich weit öffnete und ich bereit war, alles hinter mir zu lassen an Vergangenheit und bisher Bekanntem.

Wie ein riesenhafter Vogel kam ich mir vor, der mit breiten Schwingen den Himmel durchstreifte. Ich war im Einklang mit den verschiedenen Lüften, Böen und Turbulenzen, dem ständigen Auf und Ab, und den gewaltigen Stürmen, die über das Land fegten. Sie sollten Unruhe und Abwechslung mit sich bringen, wenn sie durch das Geäst der Bäume, über die Wiesen und Täler rauschten. Ihre Aufgabe war es, die Menschen wachzurütteln aus ihrem täglichen Einerlei, ihren immer gleichen Gedanken und dem gewohnten Tageswerk.

Meist wurde ich begleitet von meinen neu gewonnenen Vogelfreunden. Wie oft haben wir herumgealbert oder lange Gespräche geführt. Ich erfuhr viel über die Geschichten des Lebens, über die gleichmäßige Wiederkehr der Rhythmen und Zyklen, in die wir alle eingewoben und miteinander verflochten sind.

Bald verstand ich mehr von dem Flüstern des Windes, dass er nicht wie zufällig mal sanft und dann wieder laut tosend über die Felder und Wiesen strich, sondern dass klare Gesetzmäßigkeiten herrschten. Es bestand ein Einklang zwischen der Mutter aller Wesen, den Ältesten der Tier- und Blumenfamilien und den von ihnen geborenen und getragenen Seelen.

Eine wohltuende Wärme stieg in mir auf, ein Gefühl der Geborgenheit, während der Wind mich hin- und herschaukelte und mir jeden Wunsch von den Augen ablas.

Voller Leben und Frische verliefen unsere Tage. Wir konnten uns an den Kleinigkeiten des Alltags erfreuen, an neu entdeckten Waldhügeln oder einem lange nicht gesehenen Vogelfreund.

Auch wenn es immer dasselbe schien, waren wir doch stets neu zu begeistern. Wie die Kinderwesen konnten wir staunen, die einfachsten Gaben des Lebens genießen und ihnen die große Schönheit zuerkennen, die sie mit sich brachten.

Lange schon warteten wir nicht mehr auf die Riesengeschenke aus alten Träumen. Wir gewannen unsere Freude und Zufriedenheit aus dem, was wir täglich sahen und in unseren Augen zu diesen großen Geschenken machten.

3. IM REICH DER DUNKLEN STERNE

Viele Tage sind wir unterwegs gewesen. Nun war es soweit, auch hier Abschied zu nehmen. Wir sollten uns trennen für die lange Zeit, die ich im Reich der dunklen Sterne verbringen würde. Schonend hatte er es mir beigebracht, mein Freund der Lüfte.

Auch dass wir bald an diesen Ort gelangen würden, der mein neues Zuhause geben sollte.

Oft wollte er mich besuchen, mir mein Haar zausen oder mich sanft berühren. Weiterhin würde er mein bester Freund sein wollen.

Dann öffnete ich weit meine Augen voller Neugierde, um die Heimat, die er mir ankündigte, von oben zu betrachten und mich langsam anzufreunden mit dem Fleckchen Erde, das für mich bestimmt war. Hier nun sollte ich meine Wurzeln schlagen und mich einfinden in einen neuen Kreislauf auf dem ewigen Rad des Lebens.

Eine weite Lichtung sah ich vor mir, die sich im freundlichen Sonnenlicht unter meinen Augen erstreckte. Blumen in allen Farben und Formen ließen sich vom Wind hin und her wiegen. Sie hatten ein Stelldichein mit den Bienen, Faltern und bunten Schmetterlingen, die auf ihnen Rast machten.

Wie ein Traum erschien mir diese große Wiese an Beschwingtheit und friedlichem Miteinander. So war ich überglücklich, als mich mein treuer Begleiter inmitten dieser Pracht an Vielfalt und emsigem Treiben absetzte und mir mit einem zärtlichen Hauch Lebewohl sagte.

Warm und weich fühlte es sich an, mein neues Zuhause. Hier konnte ich mich ausruhen von meiner aufregenden Reise.

Neugierig nahm ich Kontakt auf mit meiner Umgebung, dem frischen Duft der Blüten und den leuchtenden Farben im Sonnenlicht. Nachdem ich die aufmunternden Willkommensgrüße um mich herum entgegengenommen hatte, half mir ein erneuter Windhauch auf meinen Weg.

Fast wie zufällig fand ich mich in einem rundlichen Gang in die Tiefe wieder und kullerte die unregelmäßigen Treppen hinunter in das schwarze Meer der dunklen Sterne.

Ich war gespannt. Eine unglaubliche Wandlung sollte hier unten stattfinden, die keiner je gesehen, aber jeder erlebt und erfahren hatte. Wie ein strenges Geheimnis wurden die Geschehnisse in dem Tal der Finsternis gehütet. Nur der Wind hatte kurz berichtet, was er bei seinen Reisen durch das Land gehört hatte.

Doch es war nicht viel, was ich ihm entlocken konnte. Auch er hielt sich an die Abmachung der Mutter aller Wesen, dass die Abläufe im Inneren des Erdreichs streng geheim gehalten werden sollten.

Ich lag ganz still, wagte kaum zu atmen. Das Erdreich schmiegte sich immer enger um meinen Körper. Ich fühlte mich eingesperrt, als ob es kein Entrinnen gäbe.

Auch wenn ich in eine große Lücke zwischen den dunklen Massen hineingepurzelt war, vermisste ich doch die Freiheit der Lüfte und die Wärme der Sonne.

Kein Funke an Licht drang zu mir durch. Totenstille. Keine Bewegung, keine Berührung war zu spüren, nur die nackte, kühle Haut der feuchten Lehmmasse, die mich umschloss.

Angst überkam mich in dem einsamen Dunkel. Ganz klein machte ich mich und zitterte vor Furcht und Kälte in dieser modrigen Tiefe.

Da kamen mir die Worte in den Sinn. Worte, gleich einer magischen Zauberformel, die mich von jeder Angst und Sorge erlösen sollten. Worte, die Mira herbeirufen würden, damit sie mit dem Stab der Silberwelt die drohende Gefahr wegwischte und ich wieder frei atmen konnte.

Und tatsächlich, schon nach dem ersten Flüstern der geheimen Formel fiel alles Bangen von mir ab. Ich wurde ruhiger und ließ mich tief einsinken in das Bett des dunklen Erdenreichs, gab mich hin an die sanfte, fast unscheinbare Gewalt, die das in mich eindringende Wasser ausübte.

Ich spürte, wie das feuchte Dunkel von mir Besitz ergriff. Bald wurde es mir fast zu viel, das Gewicht, das an mir zog. Ich fühlte mich wie ein Koloss, der sich kaum mehr bewegen konnte.

Es war schwere Arbeit, mit dem Geschehen mitzugehen. Immer wieder legte ich Pausen ein. Ich musste Ruhe finden und mir Zeit lassen, um mit neuen Kräften ans Werk zu gehen, all meine Stärke zu sammeln für den letzten Schritt, den kaum vorstellbaren Bruch mit meinem bisher bekannten Leben.

Wieder überfiel mich eine dunkle Furcht. Eiseskälte stieg in mir auf und ließ meinen Körper erzittern. Mein ganzer Leib begann zu frösteln. Ich wurde zu einem einzigen inneren Beben, voller Schrecken vor dem, was auf mich wartete, was ich dumpf erahnte und ganz langsam als sichere Gewissheit in mir aufstieg.

Die Worte, die Worte, drang es mir in den Kopf.

Ich dachte kurz nach im Taumel der Ereignisse und wusste sogleich ihre Namen. Wie im Traum tauchten sie vor mir auf und stießen mit letzter Kraft aus mir heraus.

Und dennoch, das Wasser floss weiter in mich ein. Es machte mich zu einem vollgesogenen Schwamm, der mit immer mehr Gewalt an meine Außenwände drückte.

Ich weinte vor Angst und Wut, weil mich keiner vorbereitet hatte auf dieses Toben, den unerträglichen Druck auf meiner schützenden Haut.

Mira, rief es aus meinem tiefsten Herzen heraus.

Wo blieb es nur dieses Wesen, das Schutzschild vor der Angst, den Wehen und Schmerzen? Wo blieb sie, die Wirkung der Zauberworte, die Rettung in der höchsten Not?

Ich schrie vor Panik, aus der Qual der ständig anwachsenden Schmerzen heraus. Am Ende meiner Kräfte angelangt, wurde ich weiter von Kopf bis Fuß durchgeschüttelt von der Kälte und Todesangst.

Da fühlte ich sie endlich. Die sanfte, kleine Hand auf meinem dicken, prall gefüllten Leib. Sie strich mit all ihrer Wärme und Herzenskraft über meinen gepeinigten Körper, umarmte ihn ganz zart und schwebte mit ihrem Stab in der Hand mal neben, mal über mir.

Mira besaß die Fähigkeit, sich immer und überall zu bewegen, selbst in diesen dunklen, engen Massen aus Erde. Sie durchdrang jede Materie, ohne damit in Berührung zu kommen. Sie durchflog sie einfach.

So umhüllte sie jetzt meinen Körper mit lindernden Düften, berührte mich kaum wahrnehmbar mit ihrem Silberstab und umgab mein ganzes Wesen mit ihren heilenden Händen und Schwingungen.

Und doch durchfuhr mich der unaufhaltsame, kurz bevorstehende Knall, das endgültige Bersten meiner Hülle mit aller Heftigkeit und einem letzten aufbäumenden Schaudern.

Ich hörte nur noch ein lautes Krachen gleich dem Umbrechen eines kräftigen Baumes, nachdem ihn der Blitz mit all seiner Macht getroffen hatte. Ich spürte einen kurzen, unsäglichen Schmerz, den auch Miras Zauberstab nicht von mir nehmen konnte und durfte, und - es war geschehen.

Ganz plötzlich kehrte Ruhe ein. Die Schmerzen waren verschwunden und ich fühlte nur noch die heilenden Hände Miras auf dem noch feuchten, zerbrechlichen Wesen, das aus mir geworden war.

Ohne die gewohnte schützende Haut lag ich nun im Dunkeln. Ich fühlte mich nackt und ausgeliefert.

Ganz neu war das Gefühl, der Ausstieg aus dem, was mir so vertraut war. Eine große Erleichterung senkte sich herab auf meinen schmerzgepeinigten Körper, der sich so voller Qualen gewehrt und aufgebäumt hatte gegen dieses unaufhaltsame Ende meiner bisherigen Welt.

Es mögen noch viele Stunden vergangen sein, in denen ich so da lag, eingebettet in die schützende Kraft Miras. Ein tiefes Gefühl der Entspannung breitete sich in meinem Körper aus und festigte ihn. Ich streckte und räkelte mich vorsichtig und tastete mit meinen neu gewonnenen kleinen Händchen die feuchte, erdige Umgebung ab.

4. NACH OBEN

Plötzlich spürte ich einen heftigen Drang, mich auszudehnen. Ich wollte meine entstehende Gestalt sprießen lassen in die winzigen Gänge und Spalten, die sich um mich herum befanden.

Auch wenn es manchmal Kraft kostete, dickere Krumen zu durchdringen, so bedeutete es dennoch keine große Anstrengung, meinen Weg durch diese Unterwelt zu finden. Mein ganzes Wesen war nur noch von dem Bedürfnis beseelt, sich auszudehnen und die aus mir herausdrängende Form anzunehmen.

Alles spannte und drückte in mir. Es fühlte sich an wie eine zusammengepresste Masse, die sich endlich entfalten wollte.

Wo ich in mir auch hinsah, herrschte reges Treiben. Es wurden emsig neue Gänge geschaffen, die Verzweigungen in alle Richtungen erweitert und ich nahm immer klarere Konturen an.

Bald schon glich ich einem richtigen Spross, der sich nach oben schob und dabei durch immer tiefere Wurzeln mit Lebenskraft versorgt wurde.

Ich fühlte mich langsam wohler und sicherer in meiner dunklen Heimat. Je mehr Platz ich einnahm und mich aufrichtete, Gestalt, meine Gestalt annahm und sie unverkennbar in das Erdenreich einbaute, umso mehr stieg in mir das Gefühl der Geborgenheit und Sicherheit auf. So konnte ich mich fast schon einkuscheln und heimisch fühlen in der anfangs so nichts sagenden Umgebung.

Ich konnte die Verbindung spüren zwischen meinen vielen Händchen und dem anschließenden Erdenreich, ohne auch nur an einer Stelle meine Grenzen zu verlieren.

Trotz der tiefen Verschmelzung mit meiner Umgebung blieb ich selbst bestehen und konnte meinen vorgesehenen Platz einnehmen, der schon so lange im Stillen nach mir rief. Ich konnte und wollte zu meiner wahren Größe aufsteigen.

Denn wie oft hatte mir der Wind Geschichten erzählt von Wesen, die zu ängstlich und scheu waren, um in ihrer Wahrhaftigkeit aufzutreten. Sie zogen es vor, in ihrer kleinen Höhle still zu schweigen und sich nicht zu regen. Sie wagten es nicht, zu wachsen, sich auszudehnen und ihr wirkliches Zuhause einzunehmen.

In traurigen Worten hatte er ihr leidvolles Leben geschildert, ihr langsames Sterben in dem eingenebelten Kokon aus Angst und Unsicherheit, in den sie sich selbst eingewoben hatten. Wie sie vor sich hin kümmerten, ganz still, unerreichbar für die Außenwelt und für ihre Seele, ihre Lebensspenderin, die sie unterstützen wollte und es nach langen Mühen aufgeben musste, ihnen Leben einhauchen zu dürfen.

So blieb für sie nur noch, vollends einzuschrumpfen, ganz klein und unauffällig, und im Reich der Finsternis unterzugehen, ohne je aufgetaucht zu sein.

Sie vergingen, lautlos, ohne jemals ein Gefühl empfunden oder einer Stimmung nachgegangen zu sein, ohne je aus ihrem inneren Herzen heraus gesprudelt und gelacht zu haben.

Sie konnten sich nicht vorstellen, mit ihrer einfachen bunten Darbietung etwas wert zu sein, Sinn zu machen und voll Freude willkommen geheißen zu werden in ihrer Gemeinschaft, im Verbund der mannigfaltigen Formen des Lebens.

Sie konnten nicht erkennen, dass ihr Rückzug und Verschwinden eine Lücke klaffen ließe, eine schmerzhafte Unterbrechung im Kreis aller Wesen.

So verwirkten sie nicht nur ihr eigenes Leben, sondern wehrten sich auch, ihren Platz im großen Orchester des Seins einzunehmen. Einen Platz, den nur sie allein ausfüllen konnten.

Oft war ich in den Armen des Windes gelegen und habe mir vorgestellt, wie diese armen Wesen immer kleiner wurden, bis bald gar nichts mehr von ihnen übrig war.

Sie taten mir leid, diese verdorrenden Keimlinge, diese unbeschriebenen Blätter, die dahin wehten, ohne ihren Eindruck und ihr Wirken hinterlassen zu haben, die ihr Heim, das für sie gerichtet und freigehalten wurde, nie bewohnt haben.

Wie oft hatte mich der Wind gelehrt, dass jede unbeseelte Stelle einen jähen Bruch in der Gemeinschaft mit sich brachte, dass sie das Netz zerriss, das von der Mutter aller Wesen mit viel Liebe und Besonnenheit gewebt wurde, um ein glückliches Miteinander zwischen allen Arten im Lebensland herzustellen.

Mit diesem Bild vor Augen hatte ich beschlossen, mit all meiner Kraft ans Werk zu gehen. Ich wollte meinen Lebenspfad finden, ihn unbeirrt gehen und mich davor hüten, aus Ängstlichkeit in einem Kokon zusammenzuschrumpfen und zu vergehen.

Ich war voller Elan und Unternehmungsgeist, um meine vorgesehene Gestalt anzunehmen und zur Vollendung zu bringen.

Der Weg war angetreten. Und ich war bereit.

Ich war bereit, ihn Stück für Stück zu gehen. Keine Unebenheiten, keine Hürde auszulassen. Ich wusste, dass ich auf mich zählen konnte, dass ich jede noch so unerträglich erscheinende Situation meistern würde. Ich war mir der Worte des Schutzes sicher. Ich wusste, dass die Offenheit für äußere Unterstützung ebenso zu meinem Weg gehörte wie die Kraft, mich selbst von dem Dunkel der Nacht zu befreien und aus mir heraus zu gebären.

So gerüstet für den nächsten Schritt grub ich mich weiter nach oben und bohrte gleichzeitig mein Wurzelwerk immer tiefer in die Erde.

Meine Hände und Füße wuchsen beständig. Ich konnte schon große Mengen an Wasser mit seiner nährenden Flüssigkeit aufsaugen und meinen immer kräftiger werdenden Spross mit all dem versorgen, was er für sein Wachstum und seine saftige Lebendigkeit brauchte.

Ich bewegte mich durch ein bunt gemischtes Schlaraffenland voll gegenseitiger Unterstützung. Aus einer schwarzen Nacht voller Schmerzen entwickelte sich eine Heimstätte, die alles bereithielt, was mein Herz begehrte.

Auch ich wusste etwas beizusteuern durch mein bloßes Dasein, mein natürliches Gedeihen in dem sorgsam aufeinander abgestimmten Kreislauf in diesen Tiefen.

Jeder war gleich wichtig und notwendig für das Gelingen. Würde auch nur eine bedeutungslos erscheinende Kleinigkeit fehlen, wäre die Kette unterbrochen. Es gäbe den schmerzhaften Bruch in der Einheit, vor dem der Wind mich so häufig gewarnt hatte.

Die Erde wurde trockener, wärmer. Sie fühlte sich leichter an. Mein Spross wurde fast schon übermütig. Voller Tatendrang und Neugierde arbeitete er sich weiter, um sich endlich in seiner ganzen Schönheit zu präsentieren.

Ich war aufgeregt, freute mich und holte richtiggehend Anlauf für die letzten Millimeter an Erdenreich, die es noch zu durchdringen galt.

5. DER DURCHBRUCH

Endlich wurde es heller. Die Umgebung war ganz locker, trocken und leicht. Es gab kaum mehr Widerstände zu überwinden. Plötzlich ging alles wie von selbst.

Was ich mir so überwältigend und außergewöhnlich vorgestellt hatte, geschah fast ohne mein Zutun. Es ergab sich einfach aus den Anstrengungen der letzten Wochen. Es zeigte sich als zartes Sprießen in die Helligkeit, ohne dass ich mich noch hätte bemühen müssen. Es war einfach plötzlich da, das noch sanfte Licht des Morgens. Die Wärme der aufsteigenden Sonne hieß mich willkommen und füllte mich auf.

Ein tiefer Atemzug ging durch meinen Körper. Er ließ ihn aufleben, warm und entspannt werden bei seinem Wiederanschluss an die sonnige Oberwelt. Endlich war ich wieder vereint mit dem Wind, der mich freudig empfing. Voller

Zartheit umwehte er die kleine Spitze meines Sprosses. Wie zwei Liebende, die sich lange nicht gesehen hatten, umarmten wir uns in wortloser Verbundenheit.

Und weiter ging es. Wie die morgendliche Sonne schob ich mich in die Höhe und gab das Geheimnis meines Wesens mehr und mehr preis.

Das weitere Durchbrechen der obersten Erdkruste ging sehr einfach. Es ähnelte dem Sich-Herauswinden einer Schlange aus ihrer Haut. In nur wenigen Tagen war ich vollends aus mir geboren.

Fast schon berauscht fühlte ich mich, als ich so plötzlich in einem Kreis von Artgenossinnen stand, mit einer Selbstverständlichkeit, als würde ich schon immer dazu gehören.

6. AUFBLÜHEN UND STRAHLEN

Im Schoße dieser Geborgenheit, der inneren Sicherheit, an der richtigen Stelle, an meiner Stelle zu stehen, begann ich, mein neues Leben anzufangen. Nun war auch ich eine Große und zu einer dieser leuchtend roten, strahlenden Schönheiten herangereift. Ich hatte mich herausgemacht. Aus der unscheinbaren, dunkelgrauen Freundin des Windes ist eine beachtliche junge Blumendame geworden.

Ich streckte und reckte mich im Sonnenlicht, zeigte mich von allen Seiten und war stolz auf mein leuchtendes Blütenhaupt, das jeder sehen und bewundern sollte.

Jedes Mal, wenn ein Mensch vorbeikam, versuchte ich mich noch mehr hervorzutun und meinen schönen Hals zum Himmel zu recken, um nur genügend Aufmerksamkeit zu bekommen. Ich sonnte mich in den staunenden Blicken der vorübergehenden großen Wesen und war glücklich, mit meiner prachtvollen Gestalt so viel Freude zu verbreiten.

Auch meine Freundinnen in ihren verschiedensten Farben und Formen zeigten sich in ihrem besten Licht. Wir rankten uns schon fast um die Gunst der bewundernden Menschen, die ihre Augen auf uns richteten. Jede wollte die Hübscheste sein, die die meiste Bewunderung erhielt.

Umso enttäuschter waren wir, wenn sie nur achtlos an uns vorüberzogen und das strahlende, farbenfrohe Geschenk für ihre Augen, gar nicht sehen und annehmen wollten. Umsonst waren wir in unserem schönsten Kleid aufgetreten, haben unseren süßen Duft verströmt und den Chor der Seelenstimmen aus unserem Inneren hervorgebracht. Vergeblich hatten wir uns bemüht, die Gefühlswelt zu erwecken und zu heilen in den so oft gequälten Menschenwesen. Eine tiefe Berührung wollten wir herstellen zu ihrer Seelenkraft, die all die dunklen Denklasten und die Wunden im Herzen mit einem Mal wegwischen konnten.

Wir sahen den Sinn in der Lebenswelt darin, unsere Seelengeister mit denen der anderen Wesen zu verbinden und damit anzufachen und heller werden zu lassen. Wir wollten, dass sie lernten, wieder mehr zu fühlen und zu atmen. Der Sinn unseres Daseins war, dass sie mehr in Kontakt kamen mit dem, was sie sind und was ihr Platz im Leben war.

Wir verströmten unser Dasein ohne Einschränkung, ohne Fragen, ohne Eigenzweck. Unseren Lebenswillen und unsere Zufriedenheit zogen wir aus dem vollkommenen Erfüllen unserer Aufgabe. Wir waren glücklich, dabei zu helfen, die Seelenleben der anderen Wesen wieder zusammenzufügen. Unser Anblick sollte die Verbindung wieder herstellen zwischen der erwachsenen Pflichterfüllung und den tief innen wartenden Gefühlen und Träumen, dem Kind in jedem, das so oft im Trubel des Alltags übergangen und weggeschoben wurde.

Wir konnten mit unserem Duft, mit dem unhörbaren Gesang aus unserem Herzen den Menschen Hilfe schenken, die uns betrachteten und unbemerkt in sich aufnahmen.

Manchmal ging es ihnen so schlecht, dass sie uns mit nach Hause nahmen. Dann mussten wir sogar bereit sein, unser Leben zu lassen, nur um einige Tage helles Licht in ihre Menschenseele zu bringen. Aber auch diesen Dienst taten wir gerne und gaben noch einmal von Herzen unser Bestes.

Doch bisher hatte unser munteres Grüppchen Glück gehabt. Wir waren heilfroh, dass es keine Trennungen gab, keine so kranken Menschen in der Nähe, dass sie Freundinnen aus unserer Mitte reißen mussten, um auch zu Hause mit Seelenlicht versorgt zu sein.

Wir feierten viel und freuten uns über die zahlreichen Gäste, die uns besuchten. Jede neue

Freundin, die sich gerade durch das Reich der Finsternis gekämpft hatte, wurde freudig in unserer Mitte aufgenommen.

Tagsüber leuchteten wir im farbenfrohen Glanz, ließen uns den Wind um die Blätter und Blumenhäupter wehen und sogen voller Genuss die Wärme der Sonnenstrahlen in uns auf.

Nachts richteten wir uns nach innen. Die Blumenkinder an unserem Haupt bildeten einen in sich geschlossenen Kreis. Wir tankten neue Kräfte für den folgenden Tag und ließen uns friedvoll bescheinen von den Sternen und dem wechselnden Licht des Mondes.

So reihten sich die Tage aneinander und flatterten im Wind wie das herabfallende Laub in seinen unterschiedlichen Farben in der Herbstzeit.

Ich tummelte mich auf meiner Wiese in meiner vielgestaltigen Gemeinschaft und plauderte mit den Besuchern. Ich spielte und tanzte mit dem Wind, der durch mein Haar strich. Ich lachte mit der Sonne und freute mich über die erfrischenden Wassertropfen als Geschenk aus den Wolken. Ich war froh über jeden Tag, an dem ich morgens meine Blüten öffnen und mein Werk beginnen konnte, um des Abends wieder in mir zu ruhen.

7. NACHTFAHRT

Es geschah mitten im Gespräch mit einem der kunstvoll gezeichneten Schmetterlinge am frühen, hellen Nachmittag.

Wir waren emsig darin vertieft, die täglichen Neuigkeiten auszutauschen. Er berichtete von den Erlebnissen der Großtiere, die er beobachtet und belauscht hatte, über die Streitereien der Menschen, die durch das sonst so ruhige Tal zogen, und über die neue Bienenfamilie, die sich ganz in der Nähe angesiedelt hatte.

Mein Blick war allein auf ihn gerichtet, auf sein spielerisches Flattern, die hin und her tapsenden Füßchen auf meinen Blüten, als es laut krachte.

Es war stockdunkel. Ich hörte nichts mehr. Ich sah nichts mehr. Ich spürte nur noch Schmerz.

Erst noch ein Zucken, dann lag ich da, regungslos, vom Schmerz betäubt, bis sich eine erlösende Nacht auf mich herabsenkte.

Lange Zeit passierte nichts in mir. Es rann keine Flüssigkeit mehr durch meine Adern. Totenstille.

In einem Moment, wie aus dem Nichts, schwebte eine Blumenfee über mir.

Wunderschön strahlte sie in ihrem Lichterkranz, der sie umgab. Alles war fein, zart, schien zerbrechlich an ihr.

Schöner als alles, was ich bisher gesehen hatte, edler, aus feinsten Schwingungen gesponnen, erhob sich ihr Bild vor meinen Augen. Sie senkte sich herab und flüsterte mit mir über mein Leben. Dabei schenkte sie mir eine nie gekannte Wärme und ihr strahlendes Leuchten. Sie umwob mich mit dem höchsten, heiligsten Wohlempfinden, das es gab. Zärtlich schloss sie mich in die Arme und segelte lautlos mit mir in die Höhe. Da schwebte sie mit meinem Seelenleib über meiner Heimat und wollte wissen, ob ich wirklich diesen Platz verlassen und schon jetzt in das Reich der weißen Feen einziehen wollte.

Da spürte ich einen Sog. Ich vernahm das bittende Rufen der Seelengeister auf der Erde und fühlte mich zurückgewünscht in die Arme der Lebenswelt. Ich spürte, dass es keine Entscheidung mehr von mir zu treffen gab, sondern ich nur noch umkehren und mir wieder Leben einhauchen konnte. Noch einmal musste ich mich in den schon ganz in sich zusammengesunkenen Blumenkörper einfinden.

Tief innen spürte ich, dass ich doch weiter am Leben teilhaben wollte. Also tauchte ich in diesen achtlos zertretenen Blumenleib ein, schuf wieder eine feste Verbindung mit ihm und begleitete uns zurück in das Reich des Lebens.

Der Atem begann in mir zu fließen. Die noch heilen inneren Gänge nahmen ihre Funktion wieder auf und versuchten mich so gut wie möglich mit der nährenden Flüssigkeit aus meinem Wurzelwerk zu versorgen. Und - der Schmerz kehrte zurück. Er durchbohrte mich ein zweites Mal mit einer solchen Wucht und Heftigkeit, dass es in mir stockte und ich erneut vor dem Reich der Feen stand.

Doch dann hielt ich durch. Ich nahm all meine Kraft zusammen, stieß, vom Schmerz einverleibt, die drei Worte hervor und sank in einen tiefen, schwarzen Schlaf.

Ich nahm nichts mehr wahr. Mehrere Tage musste ich so gelegen haben. Mira umgab mich immer wieder mit heilender Kraft, leisen Gesängen, helfenden Düften und ihrem Stab der Silberwelt.

Als ich langsam erwachte und meine Blätter etwas bewegte, fühlte sich mein Körper noch sehr schwach an. Ich lag immer noch im Gras, umringt von den wenigen Freundinnen, die überlebt hatten. Besorgt blickten sie auf mich herab und schickten mir heilsame Seelenkraft aus ihren Herzen. Sie halfen mir zusammen mit dem sanften Streicheln des Windes, mich aufzurichten.

Trotzdem dauerte es noch lange, bis ich wieder gerade und aufrecht zwischen ihnen stehen konnte. Erst nach Tagen hatte ich noch sehr unsicher und schwankend meine alte Größe erreicht. Ganz langsam lernte ich, wieder meine roten Blüten wachsen zu lassen, zu leuchten und meine Aufgabe zu erfüllen.

Doch tief in meinem Herzen war ich noch nicht gesund. Ich war enttäuscht und traurig über diese so lieblosen, harten Schritte, die ohne jedes Nachdenken, ohne Mitgefühl durch die große, weite Wiese des Lebens getreten waren und so viel Leid und Tod verursacht hatten. Reine Unachtsamkeit, weil sie nicht angeschlossen waren an den großen Herzenspol und ihren wirklichen Platz im Leben.

Diese inneren Wunden heilten nur sehr langsam. Sie klafften noch lange in meiner Brust.

Auf diese Weise trug ich die ersten Narben davon und es mussten nicht nur Blätter und Blüten neu wachsen, sondern auch die inneren Risse zusammenheilen. Es musste wieder ein innerer Garten entstehen, der mich trug und auf den ich mich in meinem Blumenleben verlassen konnte.

8. WIEDERGEBURT

Doch langsam erwachte ich auch innerlich zu neuem Leben. Es kamen wieder glückliche Tage und ich war der Überzeugung, mich richtig entschieden zu haben in den Armen der weißen Blumenfee. Ich war wiedergeboren in eine gesunde Gestalt. Meine inneren Wunden heilten mit der Zeit und der Druck der Narben ließ nach.

Meine Blüten strahlten wieder in ihrem leuchtenden Rot. Sie schienen an Intensität und Wirkung gewonnen zu haben nach dieser dunklen Phase des Todes.

Ich fühlte mich stark, unerschrocken.

Wieder hatte ein schwarzer Nebel mein Leben eingesaugt und anschließend freigegeben, mich hinausgeboren in eine neue, vollere Klangart meiner selbst.

Ich konnte noch stärker blühen, noch aromatischer und eigenwilliger duften. Ich stand ganz fest auf tiefen Wurzeln und stieg noch mehr zur Blume auf als zuvor.

Gleichmut und Gelassenheit zogen in mir ein. Ich konnte den verschiedenen Facetten und Spielarten des Lebens ganz entspannt ins Auge sehen. Ich verstand es, aus ihnen zu lernen und sie als Teile der Gesetzmäßigkeiten zu betrachten, die ewig galten und langsam tiefen Einlass in mein Wesen fanden.

Es waren nicht länger nur Worte des Windes, sondern meine eigenen Erfahrungen und Gedanken, die sich aus der Beobachtung des Lebenslandes gebildet hatten. Je mehr Halt ich in diesen kristallklaren geistigen Formen fand, umso mehr konnte ich es wagen, meine Gefühlswelt zu einem offenen, durchscheinenden See werden zu lassen.

Größer, machtvoller und noch beschwingter war ich geworden durch die neuen Welten, die sich in mir öffneten. Es war ein anderes, satteres Leben, in das ich nach meinem dunklen Schlaf und der Begegnung mit der weißen Blumenfee eingetreten bin.

Daher zeigte ich mich sehr gefasst, als mir der Wind den Untergang meiner alten Gemeinschaft mitteilte. Schonend übermittelte er, dass zu viele im Meer meiner ehemaligen Heimat ihre Gestalt nicht angenommen hatten. Aus Furcht vor dem Unbekannten, vor den Geschehnissen im Reich der dunklen Sterne waren sie in ihrem Kokon regungslos verharrt und sind langsam und stumm vertrocknet, bis nur noch toter Staub von ihnen übrig war.

Es waren nicht nur eine oder zwei Stellen, die nicht zum Leben erwacht waren, sondern ganze Reihen, die ausfielen, die den Weg der Mutter allen Seins nicht einschlagen wollten und wo jetzt Leere herrschte. Viele Hände, die fehlten, die nicht zum Gelingen des großen Orchesters mit ihrem ganz besonderen Ton beitragen wollten.

So war es auch den Großen nicht mehr möglich, die Gemeinschaft aufrechtzuerhalten. Auch sie mussten gehen und sich in das Reich der weißen Feen aufschwingen. Ihre suchenden Hände hatten keine Gleichgesinnten mehr gefunden in dem ursprünglich so glücklichen Zusammensein.

Es war eingetreten, was ich schon von so vielen Regionen des Lebenslandes gehört hatte. Auch meine alte Blumenfamilie war gezwungen gewesen, ihr Land aufzugeben, da keine neuen Freunde aus der tiefen Dunkelheit heraus ans Licht kamen. Trotz ihres hoffnungsvollen Wartens waren keine kleinen Händchen zu sehen, die sich ihnen nach dem Kampf durch das finstere Erdenreich entgegenstreckten. Es bestand keine Aussicht mehr, dass das Meer an Blumen an diesem Ort weiter bestehen und voll Leben sprudeln durfte.

Das Ende meiner alten Heimat machte mich traurig. Ich erinnerte mich an die schöne Kinderzeit in unserem Häuschen, an die Liegeplätze, die Zeiten mit den Geschwistern, daran, wie wir die Zusammenkunft der Großen belauscht und uns ein angenehmes, unbeschwertes Leben gemacht hatten.

Ich dachte zurück an den Tag unseres Ausfliegens und spürte noch einmal unseren letzten Händedruck, den letzten tiefen Blick in die Augen der Geschwister, bevor uns der Wind in alle Richtungen auseinanderstob.

Doch trotz dieser Traurigkeit musste ich mich wieder auf meine Aufgabe konzentrieren und meinen Dienst tun. Ich gab alle Kraft in meine leuchtenden Farben, meinen feinen Duft und das stille, bewegende Singen.

Auch wenn ich inzwischen schon einige Narben und alte Wunden in mir trug, war ich doch ein einziges Geben von lindernder, heilender Seelenstärke. Ich hatte an tiefem Verständnis und Mitgefühl gewonnen, mit dem ich nach außen treten und Hilfe geben konnte. Kraft, mit der ich in der Lage war, meinen Teil zur Heilung der inneren Wunden, der mit dem Nebel des Vergessens überdeckten Schmerzen anderer beizutragen.

Daneben gab es Vieles den Neuankömmlingen aus dem Reich der dunklen Sterne zu erzählen und sie mit unseren Besuchern bekannt zu machen. Ich stellte sie den Bienen vor, den Faltern und Schmetterlingen, führte sie in die Sprache der Tierwesen ein und half ihnen, heimisch zu werden in ihrem neuen Leben in der Oberwelt.

Es kostete viel Zeit und Geduld, diese gerade geborenen Geschöpfe zu umsorgen, ihre Neugierde zu stillen, ihr Selbstbewusstsein zu festigen und ihnen immer wieder zu versichern, wie wunderschön sie seien und dass sie gebraucht würden in genau ihrer Art des Seins.

Auch wenn sie schon sehr stark waren, da sie am richtigen Ort ihr Leben entwickelten, freuten sie sich doch jedes Mal, wenn sie von uns Älteren gelobt und bestaunt wurden.

Wir ließen ihnen Zeit, sich in Freude in ihrem Glanz zu sonnen. Erst später erweckten wir den Seelengesang in ihnen und weihten sie in ihre Aufgabe ein. Wir vermittelten ihnen liebevoll, wie ihr Dasein auf die Welt wirkte und welche Stärken sie nach außen trugen mit ihrem bloßen Sein, ihrem Blühen und ihren leisen Stimmen. Wir machten ihnen klar, welch hilfreiche Macht sie ausübten in dem Bemühen, die Lebewesen wieder mehr mit ihrem Inneren in Kontakt zu bringen.

Sie lernten, dass sie ihre Gaben nicht nur für sich zur Verfügung hatten, sondern gleichzeitig einen Dienst damit leisteten. Diese Botschaft war wichtig, damit sie immer in Kontakt mit ihrer Lebensquelle, dem Herzenspol aller Wesen, blieben. Stets sollten sie ihre vollkommenste Ausstrahlung darbieten, auch wenn die übermütige Anfangsphase vorbei war und sie Erfahrungen des Schmerzes und der Dunkelheit durchgemacht hatten. Es sollte immer tiefes Anliegen ihres Herzens bleiben, ihre bestmögliche Gestalt zu zeigen und ihren ganz besonderen, ureigenen Ton beizutragen.

Es war ein schönes Gefühl, wenn sich neue Seelengesänge dazu gesellten und unser Chor noch voller und einzigartiger klang.

Auf diese Weise waren lange Zeiten vorbeigezogen.

Auch ich hatte inzwischen vielen kleinen Geschöpfen das Leben geschenkt, sie mit Liebe umsorgt und ihnen den kleinen Einriss am oberen Teil des Häuschens geöffnet, damit sie mithorchen und die ersten Eindrücke über das Leben der Großen gewinnen konnten. Die Mutter aller Wesen gab ihnen die drei Worte des Schutzes mit auf den Weg und wünschte ihnen von Herzen alles Gute, wenn der Tag des Abschieds bevorstand und sie in die Weiten des Windes entlassen wurden. Ein neuer Zyklus begann.

9. DIE GROSSE LIEBE

Viel gelernt und geliebt hatte ich durch die Zeiten hindurch und war mit jedem Erlebnis noch tiefer und reifer worden.

Ich fühlte mich reif und voller Sehnsucht nach der einen Hand, die genau in die meine passte, die sich auf mein Herz legte und mit mir in die Tiefen vordrang, in die man nur zu zweit hinabtauchen konnte.

Ich wollte mich endlich dem öffnen, der schon lange auf mich wartete. Seit ewigen Zeiten stand er an meiner Seite, unauffällig, unmerklich, voller Geduld, auf dass ich sie endlich ergriff, seine Hand und damit die immerwährende Bindung des Fühlens.

Ich öffnete mein Herz für diese Liebe.

Jede Pore meines Wesens gab sich hin an diese zweite Seele, ohne Fragen, ohne dass ein Wort notwendig wurde.

Wir schafften eine Verbindung, die so eng war, dass ich oft meine Grenzen vergaß und mich bereitwillig auflöste in dem fest geschmiedeten Band der Zärtlichkeit. Er verwöhnte mich mit den zartesten Berührungen, die ich je auf mir fühlte, und rief die höchste Liebe und größte Ergebenheit in mir wach.

Oft standen wir Stunden um Stunden beieinander und verschenkten unseren stillen Gesang an jeden, der vorbeizog.

Wir waren eine Einheit, eine doppelt starke Kraft. Wir waren eine Liebe, die nicht erklärt und ausgesprochen, die nicht von anderen verstanden werden musste.

Eine Liebe, die meine Sehnsüchte erfüllte und die ich nun endlich bereit war, zu empfangen.

Eine Liebe ohne Programm, ohne Sicherheit, ohne Gewöhnlichkeit.

Eine Liebe, die darin bestand, da zu sein und sich doch zu verlieren, in der die Einheit der beiden Gefühlsreiche, der feinfiedrigen Händchen, die sich gegenseitig kaum und doch so intensiv berührten, nicht enden wollte.

Wir waren ein Glanz, ein Leuchten, eine stille Hingabe an unser Glück. Wir waren Glück.

Es gab nichts, was es zu verbessern und zu verschönern gab. Mein innerster Traum nach ruhiger Verbundenheit, die uns beide noch mehr in unserem Wesen erstrahlen ließ, erfüllte sich in seinen schönsten Farben, in seiner hellsten Gestalt.

Wir waren eine Liebe.

Je enger und tiefer wir zusammenkamen, umso mehr hatten wir zu geben und zu verströmen. Je inniger wir ineinander gedrungen waren, umso mehr Freude und Lebenslust konnten wir ausstrahlen. Wir konnten sie bei jedem wecken, der uns betrachtete, den unsere Stimmen erreichten und im Herzen wieder Wärme empfinden ließ. Oft half der Wind unseren Körpern, sich aneinanderzuschmiegen, dass wir uns nicht nur als Seelen eng umarmten, sondern auch als Blumenleiber so dicht wie möglich vereint waren. Dann hielten wir uns und leisteten jeden Liebesdienst, den wir für den anderen erahnen konnten.

Unsere wortlose, selbstverständliche Gemeinschaft dauerte an. Sie war auf immer geplant, ausgelegt als ewige Verbindung zwischen unseren verwobenen Gefühlsreichen.

Wir liebten uns. Wir teilten unser Leben. Wir waren uns.

Jeder Tag brachte mehr Geborgenheit und Einklang, ohne deshalb an Abwechslung und Frische zu verlieren. Nie verlernten wir es, uns zu überraschen und mit neuen Liebesbeweisen zu verwöhnen.

Wir waren eine Liebe.

Lange vergessen waren die dunkleren Zeiten meines Blumenlebens. Längst hatte ich die Einheit mit meinem Liebsten als Garant, als immerwährende Sicherheit gewähnt für dieses Leuchten, das meine Tage bestimmte und mich so

strahlen und auf neue Weise wunderschön werden ließ.

Wir waren eine Liebe.

10. HÄNDE

Und dann - die Hände.

Hände, die ich stets als Symbol für zarte Berührung betrachtet hatte.

Sie erinnerten mich an das fiedrige Blätterwerk meiner selbst. Sie sahen nach Weichheit aus, die feingliedrigen Finger, ihre Bewegungen in der Luft, am Körper des anderen oder wenn sie ineinander gefaltet waren.

Oft hatte ich zugesehen, wie sie liebevoll die Wangen eines Menschen streichelten. Ich hatte mich gefreut über das Gefühl, das in diesen Bewegungen lebte und zwischen den beiden fließen musste, wenn sie sich so voller Liebe berührten.

Hände waren etwas Schönes, Faszinierendes für mich gewesen.

Sie bedeuteten Fürsorge, Halten und Geborgenheit.

Sie standen für Zärtlichkeit, stille Umarmung und Schutz.

Hände waren liebe Freunde, die sich um den anderen kümmerten.

Sie strichen sanft durchs Haar.

Sie streichelten liebevoll Tiere und spielten mit ihnen.

Hände zeigten durch die Luft, deuteten auf die Schönheiten der bunten Landschaft.

Sie deuteten auf uns.

Sie kamen auf uns zu.

Hände kamen immer näher. Sie wurden immer größer. Sie waren genau vor uns. Sie beugten sich herab und öffneten sich.

Hände griffen zu.

Sie packten ihn am Leib.

Sie rissen ihn heraus.

Sie zerrissen unsere Herzen.

Hände trugen ihn einfach davon. Hände ließen ihn an der Seite auf und ab schwingen. Hände betrachteten ihn kurz und hielten ihn dann wieder uninteressiert zwischen den Fingern.

Hände hatten ihn einfach herausgerissen und mitgenommen. Sie hatten ihn bei sich, in ihrem Besitz und trugen ihn immer weiter weg von mir.

Sie entfernten sich, hörten nicht unseren dumpfen, alles durchdringenden Schrei. Sie sahen nicht die entsetzten, weit aufgerissenen Blumenaugen, die im letzten Moment noch um Hilfe und Gnade bitten wollten, die fassungslos dem anderen nachblickten. Sie sahen nicht das herausquellende Blut der zertrennten Herzen.

Sie konnten nicht die stillen Schreie des Schmerzes vernehmen, nicht die hoffnungslos greifenden Händchen von ihrem ergatterten Diebesgut sehen, die sich nach mir streckten, die bald kaum mehr, bald gar nicht mehr zu sehen waren, die herabsanken wie der restliche schmerzgegrämte Leib meines Alles.

Ich schrie.

Schrie immer weiter. Schrie den tiefsten Herzschmerz des Lebens aus mir heraus, wurde selbst zu diesem Schmerz, der mich gewaltsam durchdrang.

Mein Körper war Schmerz.

Meine Gestalt, mein Denken, Fühlen, Weinen, alles ein Schmerz.

Was ich von mir kannte, bis tief hinab zur schwarzen Finsternis war Schmerz, Schmerz und mein hilfloses, fassungsloses Schreien.

Hände - Hände, die ihn jetzt zu Tode trugen. Hände, die alles durchbrachen, was Glück war, was ich war.

11. ALLEIN

Eine dunkle Nacht brach an.

Eine dunkle Nacht sollte noch lange mein Leben bedeuten. Sie sollte so schwarz sein, dass ich nicht einmal die Blumenfee sehen konnte, die mich so oft besuchte in der düsteren Zeit des Abgrunds.

Ich blieb ein still schreiendes Weinen, ein einziges Gefühl des zerrissenen, in Fetzen hängenden Herzens.

Ich spürte, dass mir keiner helfen konnte auf diesem Teil des Weges. Ich musste ihn alleine gehen, in all seiner ganzen schwarzen Dunkelheit. Ich war allein.

Es herrschte einzig die dunkle Nacht des Trauerns, des furchtbaren Verlustes.

Kein Ende abzusehen, keine Hilfe in Sicht, kein Weiterkommen, nur Tränen und Schreie, Schluchzen und Schreie, ein Schmerz, der unüberwindbar schien, der nicht kleiner, erträglicher, weniger wurde. Der mein Leben ausmachte.

Die dunkle Nacht, die Leere, das Nichts.

Ich war allein.

Es waren viele Zeiten vergangen, bis die Tage nicht mehr nur von Trauer und Schmerz erfüllt waren.

Es waren viele Zeiten vergangen, bis ich eine unermessliche Kraft in mir spürte.

Es waren viele Zeiten vergangen, bis ich merkte, dass ich Mira nicht gerufen hatte, dass ich Mira nie mehr rufen würde, dass ich sie nicht mehr brauchte.

Es waren viele Zeiten vergangen, bis wieder Licht einzog in mein Leben, bis die dunkle Nacht sich langsam erhob und Raum entstand für neuen Atem.

Viele Zeiten waren vergangen, bis ich wieder in meiner Pracht, im Reigen neuer Gefährten an meinen Platz zurückgekehrt war.

12. BLUMENÄLTESTE

Jetzt galt es, den letzten Teil meiner Reise durch das Lebensland anzutreten. Als eine der wenigen Ältesten meiner Blumenfamilie stand ich bereit für alle Fragen, Sorgen und Bekümmernisse der Kinderwesen und Erwachsenen. Sie gewährten mir vertrauensvoll Einblick in ihr Innerstes. So konnte ich die wahren Wurzeln ihrer Traurigkeit und Angst erfühlen und ihnen helfen, zurück zu ihrer Aufgabe zu finden in Zeiten tiefer Not und düsterer Gedanken.

Ich schöpfte aus meinem reichen, überfließenden Leben. Auf alles wusste ich geduldig eine Antwort und konnte die verschiedensten Wege aufzeigen, um wieder frei atmen und sich in seiner prachtvollen Einzigartigkeit einsetzen zu können, jeder an seinem Ort.

Ich strahlte Zufriedenheit und Fürsorge aus, einen tiefen Glauben in die Richtigkeit aller Dinge, eine Gelöstheit und Entspannung, die auf festen Wurzeln fußten, auf denen ich sicher ruhen, ja fast schon thronen konnte.

Auch wenn ich mit liebender Gefühlskraft meine Arbeit tat, wenn ich nie laut, bestimmend oder streng meinen Rat erteilte, brachte man mir doch einen hohen Respekt entgegen. Ich spürte die Bewunderung und Achtung, den tiefen Eindruck, den ich hinterließ. Ich sah, dass es nicht mehr meine hübschen Blüten waren, die bestaunt wurden, sondern meine lange Erfahrung, der Blick meiner Augen, die auf den Urgrund allen Lebens sehen konnten.

Ich war reich. Und ich teilte diesen Reichtum jeden Moment wieder neu. Ich stand für jede Frage meiner Blumenfamilie, auch der vielen flatternden Besucher zur Verfügung und gab ihnen mein Wissen vom Lauf des Lebens weiter.

Ich war einfach satt, aufgefüllt mit meiner reichen Lebensgeschichte, übervoll an den Früchten, die daraus erwachsen waren, an dem fließenden Strom meines strahlenden Herzens.

Ich hatte keine Mühe, bis zum letzten Abschied so viel Leben und Frische verschwenderisch an die zu verströmen, die mich aufsuchten und denen ich dienen konnte.

Oft bedurfte es nur weniger Worte, nur eines Blickes aus meinem erfahrenen Herzen, um den im Nebel des Alltags und der Gewohnheit verlorenen Kontakt mit der Innenwelt wiederherzustellen und den Ratsuchenden zurück in die eigene Bahn zu leiten.

Dabei schenkte ich den Kinderwesen einfache Antworten, die sie leicht verstehen konnten. Den jungen Erwachsenen vermittelte ich das Wissen über die natürlichen Rhythmen und Zyklen des Lebens. So konnten sie lernen und erfahren, dass jedem Aufblühen ein Vergehen folgte und jedes Ende immer auch der Anfang einer neuen Lebensphase bedeutete, dass das Leben nie geradlinig, sondern in einem Auf und Ab verlief. Die älteren Erwachsenen dagegen führte ich zurück in ihr Herz, in Kontakt mit ihrer eigenen Weisheit, die am besten wusste, was gut für sie ist.

Es war meine Aufgabe, in die wahre Richtung des Glücks zu verweisen, die Fragen, Sehnsüchte und Träume dorthin zurückzuschicken, wo ihre Antwort allein zu finden war, wo die wirkliche Erfüllung wartete und die tatsächliche Älteste verborgen saß mit all den Antworten, die nur sie wissen konnte, als die rechtmäßige Weisheit im eigenen Herzen des Suchenden.

So bot ich keine Klugheiten von meiner Seite, sondern weckte mit meinem Herzensbeistand und meiner bloßen Anwesenheit die vergessene Kraft der inneren Ahnung.

Tiefe Zufriedenheit erfüllte mich bei diesem schönen, stillen Wirken, beim Anblick der glücklich leuchtenden Augen der Ratsuchenden, wenn sie die Rückkehr angetreten hatten und die Wiederverbindung mit der inneren Heimstätte geschehen war.

13. DIE WEISSE BLUMENFEE

Dann tauchte sie auf am Horizont, die Stunde der weißen Fee.

Schneeflockenkinder berührten meine Gestalt von allen Seiten, küssten meine schlafenden Blüten und strichen zärtlich über meine fiedrigen Blätter. Sie liebkosten meinen treuen Blumenleib, der mir so lange als Zuhause gedient hatte.

Ich war bereit für diesen Moment. Ich hatte ihn mit der weißen Blumenfee in aller Ruhe und Gewissheit abgesprochen.

An einem schönen Abend hatte sie sich mir ein neues Mal gezeigt. Plötzlich hatte sie neben mir geschwebt in ihrem weißen Lichterkranz.

Dieses Mal fühlte ich ganz klar, dass ich mein Leben ausgeschöpft und auf seine höchste Blüte gebracht hatte, dass ich meinen Weg zu Ende gegangen war.

Ich fühlte die Richtigkeit des Augenblicks.

Ich fühlte, dass ich alles investiert, alles eingebracht hatte, dass ich jeder Herausforderung entgegengetreten war und auch in Zeiten der Finsternis zu meinem Sinn zurückgefunden hatte.

Ich hatte vollkommen, mit aller Kraft gelebt, hatte alles hinausgeschenkt, was ich in meiner Gestalt nur geben konnte, und alles angenommen, was mir ohne Bedingungen und Erwartungen entgegengebracht worden war.

Immer klarer tauchte es vor mir auf, das verdiente, lichte Ende. Meine Zeit hier im Lebensland, die Abbild und Werk meiner Seele, die ein rundes Ganzes war, neigte sich ihrem Ende zu.

Ein stilles Glücksgefühl stieg noch einmal auf und durchströmte mich, während die Bilder meines facettenreichen Lebens an mir vorbei rauschten, und ich die vielen Stationen noch einmal vorgeführt bekam.

Und dann wurde es stärker und stärker das Verlangen nach dem hellen Leuchten voller Wärme und Anmut, hörte ich sie rufen, die ewige Heimat, die große Landschaft hinter dem Horizont des Lebenslandes.

Ich atmete meinen letzten, ruhigen Lebenszug. Dann nahm ich dankbar Abschied von dem vergehenden Leib und hob mich heraus aus diesem Dasein.

Aufgenommen von der strahlenden Blumenfee schwebte ich langsam empor in die immerwährende Ursprünglichkeit, in das Land ohne Zeit und Raum.

Ich freute mich darauf, meine alten Bekannten, mein Alles wiederzusehen und mit ihnen im
Lichterglanz der Ewigkeit zu feiern.

Bis es wieder in uns rufen würde, nach einem
neuen Auftritt in der Welt der Sichtbarkeit, der
scheinbaren Wichtigkeiten des immer kleiner
werdenden Lebenslandes.

ÜBER DIE AUTORIN

Beate Helm ist Heilpraktikerin und hat über 30 Jahre Jahre als Therapeutin, Leiterin von Ausbildungen und Managerin gearbeitet. Heute ist ihre größte Leidenschaft das Schreiben.

Weitere Publikationen im Satya-Verlag: Astrotherapie * Astrologie und Meditation * Das Weib im Horoskop – Lilith und die Asteroiden * Horoskope deuten * Psychologische Astrologie – Ausbildung in 18 Bänden * Bach-Blüten und Bewusstseinsarbeit * Kalifornische Blüten und Bewusstseinsarbeit * Bach-Blüten und kalifornische Blüten von A-Z – Kompendium * Was Sie schon immer über Astrologie wissen wollten.

Weitere Infos: www.satya-verlag.de